JN184954

句集

佐保姫様

三浦陽子

文學の森

序

三浦陽子さんとの最初の出会いは、平成十八年四月、「あざみ」の『若葉台俳句教室』。

河野多希女名誉主宰（前主宰）が、前年の十二月に突然倒れ、その後を私が引き継いで指導することになり、句会でご一緒するようになってからのこと。

また、その後更に、「あざみ」の新年俳句大会、年度俳句大会、錬成大会、吟行会等の各句会にも参加され、私の指導を熱心に受けられた。

昭和十四年生まれで、今年十月、めでたく〝喜寿〟を迎えられる。「あざみ」ではお若く、比較的まだ新しい女流・同人だが、いつも明るく元気で行動的。そのバイタリティ溢れる行動力、作句活動を証明しているのが、陽子さんの多彩な趣味。

俳句の他に、旅行好きで、フォークダンス、ピアノ、ヨガ、その他にコーラス、編物、絵手紙教室と、好奇心旺盛。十年程前御主人を病気で亡くされたようだが、第二、第三の青春・人生を大いに楽しんでいる（ご本人は、下手の横好きですが、と謙遜しているが……）。また、少々のお酒を毎晩たしなみ、美味しいお料理にも目が無く、とても食いしん坊だとか……。そして何事もテキパキと行動され、嫋やかで常に控え目だが、自然に輪の中心に立っている。

そんな陽子さんが、このたび、第一句集『佐保姫様』を上梓されることとなった。誠に喜ばしい限りである。

そこで先ず、「あざみ」平成二十四年四月号に発表された〝第十一回南畦賞・正賞〟に入賞した陽子さんの詩情溢れる才能豊かな次の作品を挙げよう。

田の神の使はしめたる蛙かな　　陽子

選考委員の私と望月英男同人会長も南畦賞・準賞候補に推したが、陽子さんの作品・作風を知る上で、選考発表時に、正賞候補に推した同じく選考委員の小野元夫副主宰と川村祥子和歌山支部長の両氏の的確な選評が有るので紹介しよう。

〈小野元夫副主宰〉

正賞候補は、中七が懐かしかった。「しむ」は使役、尊敬の助動詞で、本句の場合は後者。この助動詞は南畦先生が生涯の詩業のなかでたびたび用いた。一部に観念的だという声もあったが、硬質の抒情の工房ともいえた。南畦賞らしい作品としていただいた。

〈川村祥子和歌山支部長〉

鳥獣戯画にはじまり西洋の蛙もいつも気の毒な姿を描かれています。正賞候補の句、「田の神の使はしめた」というので蛙は一気に神聖な生き物になりました。下五「蛙かな」に泣かされます。


更に、平成二十七年三月号の雑詠欄で、私が巻頭句に推した陽子さんの繊細な素晴らしい才能を感じさせる次の佳句を上げ、その時の私の選評を紹介しよう。

散紅葉追伸のごとまた一葉　陽子

省略の利いた誠に優美、華麗な句だ。〈紅葉〉は、勿論、秋の季語だが、〈散紅葉〉〈紅葉散る〉は、初冬の季語。野山や渓谷を彩った紅葉は、晩秋から初冬にかけて、はらはらと散る。
盛りを過ぎた紅葉の葉は、寒く冷たい風雨にさらされて、はかなげに散ってゆく。その散りゆく情景、くるくると風に舞う紅葉、渓流に飲まれることなく流れゆく紅葉。また、静寂のうちに庭園に散り敷かれた紅葉など、その美しさ、優雅さは、昔から詠み継がれている。
作者は、ずっと、はらはらと舞い落ちる見事な紅葉を見続けている。一瞬、落葉が終わったと思ったら、また次の瞬間、一葉だけ舞い落ちてきた。中七の〝追伸のごと〟の措辞が、一句を詩に導いた。単に〝一葉〟とか〝一葉落つ〟というと、中国の〝淮南子《えなんじ》〟の語による、〈桐一葉〉(秋の季語)を意味するが、この句の場合は、それには当たらない。

この第一句集には十三年間の句作、三一〇句が収められているが、先ず、家族を愛する陽子さんの母、妹、そして最愛の夫を偲んでの秀句が多く見られる。

夫造る小さきベランダ春を呼ぶ　(平15)
今朝の秋野の花抱へ母鳩寿　(〃)

夫帰る頃見計らひ秋刀魚焼く　（〃）
紅を好む母あり吾亦紅　（平16）
初乗りの独り居の母訪ねけり　（平17）
まづ夫の小鉢に割りて寒玉子　（〃）
茶巾鮨夫と二人の雛の宵　（〃）
母と乗る「あずさ三号」秋立つ日　（〃）
大花野無口の夫とつれだちて　（〃）
妹の還暦祝ひ開戦日　（〃）
独り居の母は息災蚊遣り香　（平18）
夫あらば酒酌み交す十三夜　（〃）
独り居の母訪ひて初鰹　（平19）
十二月八日妹の誕生日　（〃）
母見舞ふ傘に重たき春の雪　（平21）
コスモスの一抱へもて母の忌よ　（平22）
母の忌や夕べに早し鉦叩　（平23）
母の忌や奇しくも秋のお中日　（平24）

まさにこれらの句は、愛情溢れる陽子さんの姿そのもの。一句一句に、キラリと愛を秘し、ひらめくものがある。句の命を輝かし、息づいている。〈亡き母、それに加えて夫〉との結びつき、熱い思い、深い愛情。それらの句が、陽子さんの真実の声となって溢れ、伝わってくる。特に、亡くされた夫との生活を偲ぶ陽子さんの句に、誰もが強く胸打たれる。

そして更に気付くのは、陽子さんの作品に旅吟の秀句が多いことである。名所旧跡をよく訪ね、時には外国まで足を延ばし、見聞を広めている。その気持ち、情熱、研究心、写生眼が、陽子さんの作品を幅広い豊かなものへと昇華させている。

山桜吉野静けさ戻りけり　（平15）
紅葉燃ゆ嵯峨野を廻り高雄まで　（〃）
琵琶湖疏水をちこち留む花筏　（平16）
巡り来し醍醐の桜出会ひけり　（平17）
室生寺につづく小径や山法師　（〃）
けぶりたる妻籠の宿や秋時雨　（〃）

ひとり来て雪の舞ひたる浄瑠璃寺　（平18）
梅雨明けのはやる心よ奥穂高　（〃）
殊のほか信濃路が好き吾亦紅　（〃）
白馬岳望む花野に踏み入りぬ　（〃）
訪ね来し雪の中なり三千院　（平19）
西行庵奥千本の花の中　（〃）
鴫立庵十畳ほどや半夏雨　（〃）
たちまちに霧の帳の熊野道　（〃）
詣でけり高野の雨の石蕗明り　（〃）
鯖サンド頬張るイスタンブールかな　（平20）
大和路の女人高野よ桐の花　（平21）
夏来る龍馬出て来よ桂浜　（平22）
焼栗を齧り輪島の朝の市　（〃）
ためらはず手を合せたり那智の滝　（平23）
闇せまる鞍馬貴船の片しぐれ　（〃）
湖西線心の旅路なごり雪　（平24）

修験者に出会ひし春の吉野線　（平24）
秀吉の見栄はる湖北菊人形　（〃）
雲の峰ゴッホの跳ね橋とどきさう　（平25）
牛若丸潜むか鞍馬木下闇　（平26）
雲珠桜鞍馬に天狗棲むといふ　（平27）

非常に優しく、繊細な感情をも持ち合わせている陽子さんの句だが、次のような正統、真摯、重厚な佳句も多く、そのセンスの良さ、独特の個性を縦横無尽に発揮、俳味豊か、艶やかな世界を描写している。

ひつそりと好きよと今も冬銀河　（平18）
相槌を打つひとのなき星月夜　（〃）
訣るるはまた逢ふためや冬銀河　（平19）
落ちてなほ妖しきまでの白椿　（平20）
よきことのある予感して髪洗ふ　（〃）
人の世の無駄もよきかな秋茄子　（〃）
追憶は美しきもの天の川　（平21）

見付からぬ訣れの言葉寒椿　（〃）
紅とあなたが好きよ冬紅葉　（〃）
言ふなかれ訣れのことば春の月　（平22）
ときめきのなほ失はず朧月　（〃）
相槌を打つひと遠し星まつり　（〃）
十三夜秘密にしたきことひとつ　（〃）
初恋をたぐり秘したき春の宵　（平23）
逢ふと決め何はともあれ髪洗ふ　（〃）
落し文ときめくことのありさうな　（〃）
波瀾といふほどもなく生き小鳥くる　（〃）
今生の訣れのごとく紅葉降る　（〃）
西行の居るやも知れぬ花筵　（平24）
恋文で御座候や落し文　（〃）
此処いらで一服されよ蟬しぐれ　（〃）
今宵こそ酔うてみたきや酔芙蓉　（〃）
待ちこがれゐし佐保姫よ山の秀よ　（平25）

追ひかけて追ひかけ西へ花の旅　（平25）
葉桜や雨の吉野もまたよろし　（〃）
陰陽の風よはらはらこぼれ萩　（〃）
曼珠沙華彼の世のことはわかりかね　（〃）
振り返ることも佳きかな十三夜　（〃）
風花や心ときめくことひとつ　（平26）
ひそやかに引くや寒紅誰がために　（〃）
佐保姫のお出ましいつか心待ち　（〃）
落椿いまひとたびの妖しかり　（〃）
よくぞまあこんな姿よ蝮草　（〃）
胸のうち見透かされさう水中花　（〃）
美しき思ひ捨つまじ毛糸解く　（〃）
佐保姫様そろそろおめざ為されませ　（平27）

これらの句には、作者の胸奥からの切切とした熱い叫びがある。いつまでも消えることのない情熱と愛情となって湧出し、高みへと昂揚していく。

最後に、陽子さんの更なる活躍を祈念し、第一句集『佐保姫様』の上梓を心から言祝ぎ、祝句を捧げ、句集「序文」の筆を擱くことにする。

永久《とは》に有れ佐保姫様の加護汝《なれ》に　薫

平成二十八年九月　秋分の日に

大倉山南麓にて

河野　薫

句集　佐保姫様＊目次

装丁　井原靖章
口絵・カット　著者

句集

佐保姫様

醍醐の桜

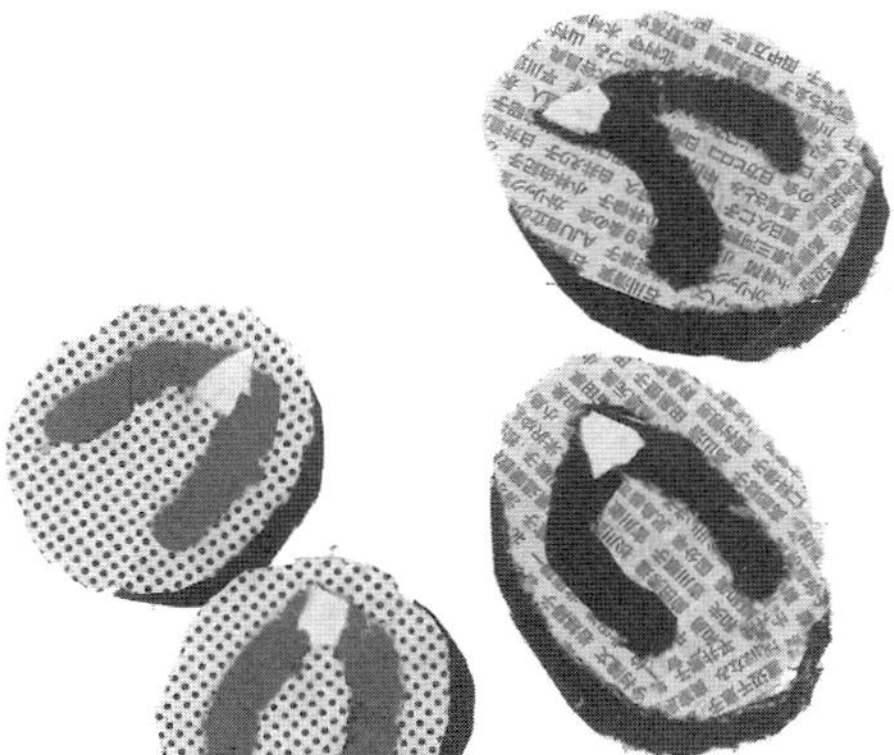

平成十五年〜十七年

平成十五年

元朝の雲ひとつなき高御空

夫造る小さきベランダ春を呼ぶ

山桜吉野静けさ戻りけり

手揉茶やごつき男の手は優し

健やかに育てと飾る陶兜

思ひ出を出してはたたみ更衣

朝顔の花数へたる日毎かな

今朝の秋野の花抱へ母鳩寿

新調の赤きスニーカー草紅葉

夫帰る頃見計らひ秋刀魚焼く

来てみれば落柿舎の柿熟したり

紅葉燃ゆ嵯峨野を廻り高雄まで

柚子味噌のふつふつ窓に茜雲

光る海長谷観音は冬木背に

平成十六年

女正月厨より声華やぎぬ

寒紅をさせし少女の眩しかり

菜の花を抱へ日暮の立話

厨口手桶の花菜明りかな

大山も丹沢富士も遠霞

琵琶湖疏水をちこち留む花筏

花冷や人疎らなり時雨亭

鰊蕎麦初めて食す京の春

鳥の名の休憩所あり新樹光

若葉風猫いういうと真昼時

遊水池雲流れたり梅雨晴間

木道を漫ろ行き交ふ菖蒲池

酔芙蓉立ち去りがたし黄昏るる

谷戸をぬけまた谷戸に入る萩の径

紅葉燃ゆ吉祥天女の色として
むしやくしやすされど秋刀魚を焼きにけり

紅を好む母あり吾亦紅

着ぶくれて起き上り小法師さながらに

我が句帳二冊目となり一茶の忌

禅寺の見返り菩薩初時雨

平成十七年

初乗りの独り居の母訪ねけり

神宮の手水舎混みて年新た

二の丸や三三五五の冬日かな

まづ夫の小鉢に割りて寒玉子

寒の明け腕のばして深呼吸

梅香る湯島ゆかりの最中かな

茶巾鮨夫と二人の雛の宵

巡り来し醍醐の桜出会ひけり

芽吹き雨欅一気に色なせり

新調のつば広帽子夏に入る

夏めくや深紅のマニキュア買ひ足しぬ

ここからは女子大通り更衣

この径が好きと言ひしよ山法師

室生寺につづく小径や山法師

やさしさもひと日で散りぬ夏椿

木立ぬけ蟬時雨ぬけ黄昏るる

炎昼や猫一匹も見当らず

母と乗る「あずさ三号」秋立つ日

スカーフのかすかに靡き秋立ちぬ

襟元のスカーフやさし秋立ちぬ

盆の入り衿足すがし若き僧

けぶりたる妻籠の宿や秋時雨

大花野無口の夫とつれだちて

熱き茶をふふむ一服冬どなり

妹の還暦祝ひ開戦日

錦市場数へ日の華《はな》京野菜

信濃路

平成十八年〜二十年

平成十八年

ひとり来て雪の舞ひたる浄瑠璃寺

風花や幸先のよき知らせかも

ひつそりと好きよと今も冬銀河

この径の行く手梅林あるといふ

菜を洗ふ春の兆しの厨かな

ほろ苦き別れの盃や夜のおぼろ

寺方に桜の刻を問ひにけり

疎水覆ふいづくにつづく花筏

背高も小太りも居て葱坊主

絵タイルの元町通り夏に入る

新樹光山手のコーヒー十番館

葉桜になりて港の見える丘

万緑や法衣染まるか山の寺

梅雨明けのはやる心よ奥穂高

独り居の母は息災蚊遣り香

殊のほか信濃路が好き吾亦紅

信濃路の小さき秋や「あずさ号」

白馬岳望む花野に踏み入りぬ

「スーパー白鳥」函館に入り秋立ちぬ

相槌を打つひとのなき星月夜

夫あらば酒酌み交す十三夜

殊のほか鞍馬貴船の紅葉燃ゆ

平成十九年

黄昏のこの径が好き冬凪げる

訣るるはまた逢ふためや冬銀河

訪ね来し雪の中なり三千院

如月の月に送られかへりけり

如月やひとりの部屋に灯をともす

伎芸天女秘めたる何ぞ春の雪

春の日やひと日のための紬着る

西行庵奥千本の花の中

独り居の母訪ひて初鰹

夏めきてポケットチーフの黄色かな

マニキュアは目立たぬ色に薄暑かな

鴫立庵十畳ほどや半夏雨

日の落ちて風の止みたる青田かな

丹沢をすつぽりつつみ大夕焼

冷さうめん心の儘の暮しぶり

乃木坂のこんなところに蟬しぐれ

信濃路のあふる紫大花野

夕木立色なき風の湧きにけり

たちまちに霧の帳の熊野道

十二月八日妹の誕生日

詣でけり高野の雨の石蕗明り

温もりののこる障子をしめにけり

平成二十年

鑑真といふ名の香や春隣

襟元のうしろの闇の余寒かな

余生とはいつからのこと朧月

落ちてなほ妖しきまでの白椿

春雨の烟る千年の大伽藍

朧夜のためらひがちの電話かな

薬師さまひとりぽつちの古都の春

目の前を日の沈みゆく花菜道

わが町は青葉の繁り豊かさよ
ふり向かぬいまが青春夏帽子

風通しよきところまで籐寝椅子

涼しげや静を舞ひゐる玉三郎

朝なぎの瀬田の唐橋わたりけり

晩夏光今は名のみの数寄屋橋

よきことのある予感して髪洗ふ
鯖サンド頬張るイスタンブールかな

月の秋部屋の明りはつけぬまま
みち草や小さな秋に出会ひたり

人の世の無駄もよきかな秋茄子

句碑なぞる指冷えくるや去来塚

田の神

平成二十一年〜二十三年

平成二十一年

寄り道をしてたのしむも恵方かな

一の鳥居二の鳥居くぐり年新た

朧夜や言の葉雅び句を詠まな
母見舞ふ傘に重たき春の雪

西行忌まづ参られよ吉野山

明日のこと煩ふなかれ月朧

惜春の御身か細き阿修羅様

西麻布暮るる卯の花腐しかな

大和路の女人高野よ桐の花

追憶は美しきもの天の川

秋蟬の声はたと止み黄昏るる
風の盆大路小路の踊りかな

子規の忌や谷中千駄木根岸の灯

花野から花野へ風の渡りけり

日に二度も席譲らるる文化の日

月白や駒込で見し上野でも

秋扇や言ひたき事もたたみゐし

見付からぬ訣れの言葉寒椿

短日のなれどひねもす吉野山

紅とあなたが好きよ冬紅葉

平成二十二年

独り身も贅沢のうち寒の月

平穏といふもしあはせ蕗の薹

言ふなかれ訣れのことば春の月

春うらら仲見世通り黄楊の櫛

鶯餅そろそろお茶にしませんか

よそ行きの顔して入る雛の間

窓開けよ春満月を思ふまま

ときめきのなほ失はず朧月

ひとりよりふたりがよろし蜆汁

落し文秘密めいたることのなく

葉桜の奥へ奥へと鞍馬山

青田風甲斐路しづかに暮れにけり

高知錬成大会　四句

師の髪の龍馬に似たる夏の浜

天守閣大手門へと風薫る

夏来る龍馬出て来よ桂浜

よう来たとしばてんの踊る夏座敷

まばゆかり信濃追分炎暑かな

周平の世界にひたる蟬時雨

相槌を打つひと遠し星まつり

コスモスの一抱へもて母の忌よ

十三夜秘密にしたきことひとつ

焼栗を醤り輪島の朝の市

平成二十三年

冴返る夜の赤坂交差点

スカーフに春風つつみ湖西線

大原の里や暫しの春の雪

金平糖しのばせ春の旅鞄

初恋をたぐり秘したき春の宵

しがらみをさらりとすてむ啄木忌

第十一回　南畦賞正賞

田の神の使はしめたる蛙かな

六月の花嫁に会ふ大聖堂

逢ふと決め何はともあれ髪洗ふ

落し文ときめくことのありさうな

ためらはず手を合せたり那智の滝

豆飯や気取りて翡翠ごはんとも

河童忌や入船橋の夕日影

暗闇の妖しき烏瓜の花

箒目の少し乱れて秋暑かな

酔芙蓉酔ひきれぬまま落ちにけり

かまきりも乗り込んで来し路線バス

波瀾といふほどもなく生き小鳥くる

小窓より招き入れたき今日の月

母の忌や夕べに早し鉦叩

山の辺の道は遥かや木守柿

錦秋よ山ふところの山居かな

みぎ瀬音ひだり吊橋山粧ふ

もろこしを食ぶ子顔中口となり

研ぎ澄ます心詠みたや秋の月

今生の訣れのごとく紅葉降る

鞍馬より紅葉時雨の貴船路よ

紅葉散る身返り菩薩慈悲の顔

闇せまる鞍馬貴船の片しぐれ

羽子板市土産の雷おこしかな

陰陽の風

平成二十四年〜二十五年

平成二十四年

森森と糺の森や初鴉

天空の風に遊べよ初鴉

雅びなることば傲れり初句会

雪女郎迷ひ込みたる小路かな

風花よ佳きことあらむ今日ひと日
大安日いとしき雛納めかな

春の雪時には魔性生まれけり

しなやかに返さる会釈桃の花

春嵐思はぬひとの電話かな

湖西線心の旅路なごり雪

頑張れの言葉軽しや涅槃西風

吉野駅降り立ちみれば花の中

西行の居るやも知れぬ花筵

一本の桜人生あるやうな

修験者に出会ひし春の吉野線
もう一度相槌ほしや朧月

白あらばこそ燃ゆる緋よ躑躅山

この地での終の栖や燕くる

薫風やひらり道化師宙返り

恋文で御座候や落し文

秋篠寺南門出でし青田波

突つ走ることも青春大夏野

内緒事ある筈もなし蝸牛

此処いらで一服されよ蟬しぐれ

吉野山行くも帰るも青葉闇

秋蟬の今生まれんと瑠璃の色

酔芙蓉逢へば無口となる夕べ

今宵こそ酔うてみたきや酔芙蓉

わけてもの信州信濃蕎麦の花

丸ビルのガラス戸ごしに秋の蝶

母の忌や奇しくも秋のお中日

カーテンを引くも惜しきや望の月

秋の蝶翅一枚にたたみけり

余生とはまだまだ遥か吾亦紅

秀吉の見栄はる湖北菊人形

庖丁の切れ確かむる十二月

ロンドンであるかのやうな冬の霧

平成二十五年

初電車ウィンナワルツ聴くために

初電車たつた二駅だけのこと

初夢や正夢にしたきことのあり

風花や訣れはまた逢ふためにあり

水仙や忘れしままの花ことば

岬めぐり先の先まで野水仙

待ちこがれゐし佐保姫よ山の秀よ

春もみぢかみしめ一歩一歩の詩

白神よ水音清しや春もみぢ

旅かばん解くやひとひら桜かな

日に翳し振りて確かむ種袋

追ひかけて追ひかけ西へ花の旅

満ちたりて花の疲れも心地よし

箸袋約束しるす春の宵

春昼やからくり時計踊り出す

連れ立ちて間合ほどよき花に酔ふ

花筵ひそかに席をあけをりぬ

フィナーレはラ・カンパネラ春胎動

弁慶も仲間入りして武者飾り

腕白も器用に解くや笹粽

葉桜や雨の吉野もまたよろし

青梅雨や鑑真香など楽しまな

大海のうねりにも似て青田風

緑蔭のベンチにひとりひとりかな

雲の峰ゴッホの跳ね橋とどきさう

ひと雨のめぐみもたらす夜の秋

周平も聴いてゐるかも蝉しぐれ

路線バス西日の中に消えにけり

一本の電話涼しき夜となりぬ

黄昏れてまだ酔ひきれぬ酔芙蓉

陰陽の風よはらはらこぼれ萩

曼珠沙華彼の世のことはわかりかね

川霧の立ちて賑はふ河童橋

台風の置きみやげかも茜空

十五夜や心やさしきひとと居て

振り返ることも佳きかな十三夜

こもごもの出船入船秋惜しむ

鞍馬

平成二十六年〜二十七年

平成二十六年

願掛ける天神さまへ初電車

息災であらばどんどの火を浴びる

冬満月ひとりの部屋の明り消す
泣きべそをかきつ消ゆるよ雪だるま

風花や心ときめくことひとつ

手の平にをさまり艶治寒椿

ひそやかに引くや寒紅誰がために
鬼の面かぶる人なき豆を撒く

佐保姫のお出ましいつか心待ち
ほろ苦き浮世に暮し目刺し焼く

落椿いまひとたびの妖しかり

得手不得手ありて人の世梅の花

訣るるも出会ひも秘めし桜かな

幸せの使者でありしか初燕

よくぞまあこんな姿よ蝮草

嫋やかに散るも美学か沙羅の花

夏痩せやすこし濃いめの紅をさす

牛若丸潜むか鞍馬木下闇

余生など縁なきことよ水中花

胸のうち見透かされさう水中花

月の道あらば駱駝の帰りこよ

胸の奥色なき風の通りぬけ

酔芙蓉今宵は酔ふか酔ふまいか
酔芙蓉思ひのままに酔ひたもれ

羽衣を纏ひはぢらふ十三夜

宇宙とはこんなに青し銀杏舞ふ

散紅葉追伸のごとまた一葉

美しき思ひ捨つまじ毛糸解く

平成二十七年

若水や地球の息吹賜りぬ

佐保姫様そろそろおめざ為されませ

誰も居ない木椅子に春の来てゐたり

彼岸桜あの世この世のかけ橋か

邂逅や夢の中とて麗らけし

雲珠桜鞍馬に天狗棲むといふ

朝といひ黄昏といひ蟬時雨
憧れのひとも逝きしよ星まつり

あの星はきつと彼のひと星まつり

井伊直子さんのご逝去悼む

戒名に句の文字燦と寒昴

寒三日月尽きぬ話はまたあした

訣れとは斯くも悲しや冬銀河

あとがき

『佐保姫様』は私の第一句集です。この十月十七日、私は七十七歳の喜寿を迎えます。この人生の貴重な節目に、何か思い出にと思案しておりました折、思いがけずも句集のお話をいただきましたことは驚きと同時に夢のようでした。

まだまだ未熟で、自分自身の作風も定まっておりません。日々の生活の中での喜び悲しみ、美しいものを美しいと思える心、素晴しい人との出会い、大切な人との訣れ、俳句は人生のさまざまな在りようを映し出します。再び返ることの出来ない今日という日を大切に、美しい日本のことばを素直に自分の言葉で表現できたならばと考えております。

たった十年余りのこと、これという句も数少なく、自選にも苦労いたしました。ここに拙いながらも句集を編むことが出来ますことは、この上ない喜びでございます。

句集名『佐保姫様』は古都「京都」「奈良」をこよなく愛した亡き夫と度々訪れた地であり、夫亡き後、思い出浸りにひとり訪れた地をいくつか詠みました。そして河野薫主宰が推して下さり『佐保姫様』といたしました。「あざみ」にて俳句を学べましたこと、「あざみ」の皆様のご友情に支えられ今日あることをあらためて感謝申し上げます。

上梓にあたり、河野薫先生には御繁忙の中、細部にわたり御配慮、あたたかな励ましをいただき、また身にあまる序文、祝句まで賜り、心より御礼申し上げます。

また拙いながらも自作のカットを載せていただきました。十数年来、絵手紙教室で学び、御指導いただいております前畑静子先生に深く感謝申し上げます。

第一句集の刊行にあたり諸々お世話下さいました「文學の森」の皆様に厚く御礼申し上げます。

最後に私をいつも理解し、あたたかく見守ってくれています娘の家族、息子の家族そして天国の夫に感謝しつつ、この句集を贈ります。

「あざみ」古稀我は喜寿なり永久《とは》に春　陽子

平成二十八年十月吉日

三浦陽子

著者略歴

三浦陽子（みうら・ようこ）

昭和14年10月17日　東京都生まれ
平成15年　「あざみ」若葉台俳句教室入会
その後、「あざみ」入会
平成18年４月より河野薫主宰のご指導を受ける
平成24年１月　「あざみ」同人

現住所　〒241-0801　横浜市旭区若葉台4-15-1101

句集

佐《さ》保《ほ》姫《ひめ》様《さま》

発　行　平成二十八年十月十七日
著　者　三浦陽子
発行者　大山基利
発行所　株式会社　文學の森
〒一六九-〇〇七五
東京都新宿区高田馬場二-一-二　田島ビル八階
tel 03-5292-9188　fax 03-5292-9199
e-mail　mori@bungak.com
ホームページ　http://www.bungak.com
印刷・製本　竹田　登
©Yoko Miura 2016, Printed in Japan
ISBN978-4-86438-555-8　C0092
落丁・乱丁本はお取替えいたします。